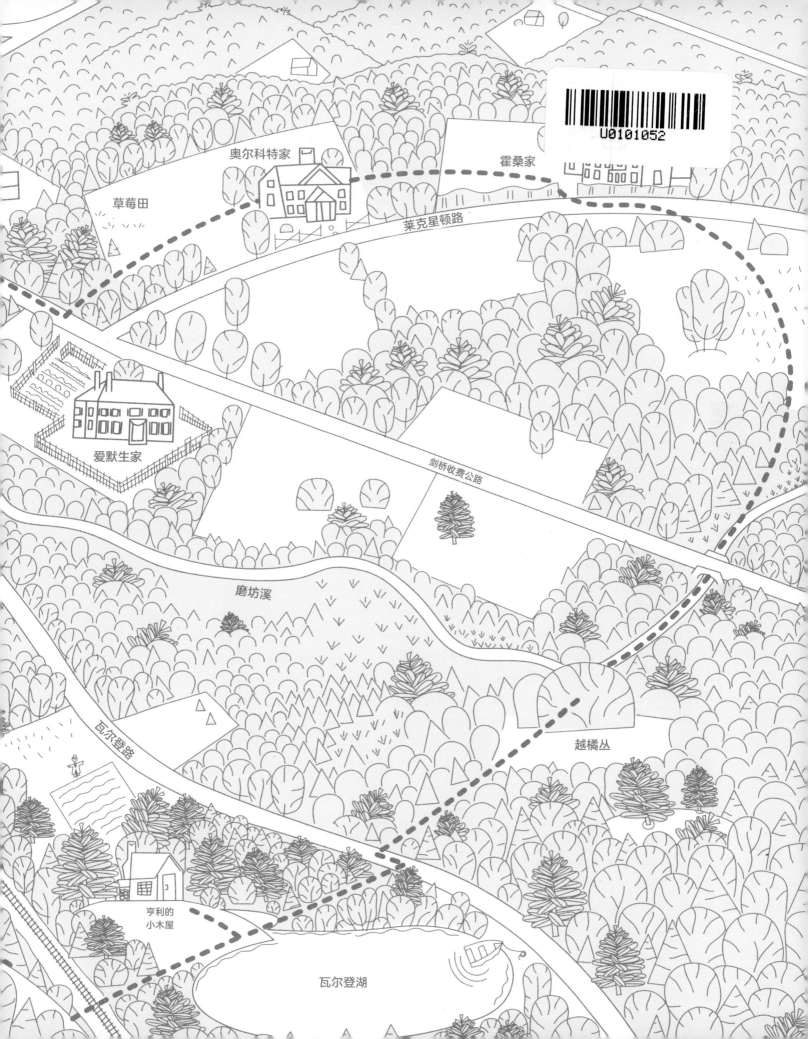

奥尔科特家

草莓田

霍桑家

莱克星顿路

爱默生家

剑桥收费公路

磨坊溪

越橘丛

瓦尔登路

亨利的
小木屋

瓦尔登湖

献给阿尼亚、丽丝和里德

亨利的工作
Hengli De Gongzuo

出 品 人：柳　漾
项目主管：石诗瑶
策划编辑：柳　漾
责任编辑：陈诗艺
助理编辑：马　玲
责任美编：邓　莉
责任技编：李春林

图书在版编目（CIP）数据

亨利的工作／（美）D.B. 约翰逊著、绘；柳漾译. 一桂林：广西师范大学出版社，2019.3
（魔法象. 图画书王国）
书名原文：Henry Works
ISBN 978-7-5598-1520-0

Ⅰ. ①亨… Ⅱ. ① D…②柳… Ⅲ. ①儿童故事－图画故事－美国－现代 Ⅳ. ① I712.85

中国版本图书馆 CIP 数据核字（2018）第 288058 号

广西师范大学出版社出版发行

（广西桂林市五里店路 9 号　邮政编码：541004）
网址：http://www.bbtpress.com
出版人：张艺兵
全国新华书店经销
北京尚唐印刷包装有限公司印刷
（北京市顺义区牛栏山镇腾仁路 11 号　邮政编码：101399）

开本：787 mm×1 150 mm　1/12
印张：$2\frac{8}{12}$　插页：20　字数：30 千字
2019 年 3 月第 1 版　2019 年 3 月第 1 次印刷
定价：39.80 元

如发现印装质量问题，影响阅读，请与出版社发行部门联系调换。

亨利的工作

[美] D.B.约翰逊/著·绘　　柳 漾/译

GUANGXI NORMAL UNIVERSITY PRESS

广西师范大学出版社

·桂林·

早上，雾气弥漫，下着蒙蒙细雨。亨利来到屋外，深深吸了一口气。这样的天气，走路去工作，再合适不过了。

走到湖边，亨利停下来挖紫草根。钱宁正好经过。

"亨利，"他说，"你今天什么也不用做，和我去钓鱼吧！"

"今天不行。"亨利说，"我正要走路去工作呢。"亨利把紫草根放进帽子里，沿着小路往前走。

　　站在山坡上，亨利望着远处的云朵。这个夏天一直很干燥，不过他知道今天会下雨的。

　　要到下午才会下雨，所以亨利舀了些水洒在马利筋花上。路过的霍斯默停了下来。

　　"亨利，今天你要当一片雨云呀？"他说。

　　"我正要走路去工作呢。"亨利说。

到了小溪边，亨利砍了一根松枝，用它把小溪里的三块石头摆正。他还采了些松针，和紫草根一块儿放到帽子里。

　　亨利沿着一串脚印穿过霍斯默家的田，发现了一个狐狸窝。霍斯默太太就坐在窗边。亨利大声地说：

　　"晚上千万别让你家的鸡出来了，附近有狐狸。"

　　然后，在窗台上留了一束芬芳的松针。

经过镇上时，亨利碰到了邮政局局长。

"亨利，"他说，"我的脚疼得不行，没法送信，正好你不用工作，能帮我把这封信送到爱默生家吗？"

"我现在正走路去工作呢。"亨利说，"不过，我可以顺路给送过去。"亨利还把帽子里的紫草根给了局长——紫草根能让他的脚好得更快。

爱默生正在花园里，亨利就把信给了他。

"亨利，你看，我的花园被两只土拨鼠啃得乱七八糟！"

"我可以搞定它们。"亨利说，"我正要去工作，顺便把它们带到郊外。"说完，他吹起长笛，两只土拨鼠嗖地跑了过去。亨利一个口袋塞了一只，然后穿过树林离开了。

到了奥尔科特家的田里，亨利放了两只土拨鼠。他看到一片野生草莓，就挖了几株，放进帽子里。奥尔科特太太正在院子里忙着晾衣服。

"过一会儿记得收回去啊。"亨利对她说，"用不了一个钟头，就会下雨。"

亨利沿着小路来到了霍桑家。篱笆里面就是霍桑太太的花园，葡萄和覆盆子长得十分茂盛。于是，亨利就找了一处不错的地方，小心翼翼地种下野生草莓。

下雨了。亨利踏进了磨坊溪，他一边过河，一边量了量水深。这时，他看到小气鬼弗林特坐在溪边。

"你在洗澡吗，亨利？"弗林特问。

"当然不是。"亨利回答，"我只是走路去工作。"

亨利上了岸，来到一大片越橘丛中。他匍匐着钻进越橘丛，一边拨开缠在一起的枝条，一边摘浆果，直到口袋都装满了。回到小路后，亨利做了一个从瓦尔登路通向越橘丛的路标。

　　就在亨利沿着小路走向他的小木屋时，他遇到了拿着鱼竿的钱宁。钱宁向亨利展示今天的收获。

　　"亨利，你去工作了吗？"钱宁问。

　　"我正要工作呢。"亨利说。

　　"你到底做什么工作啊？"钱宁又问。

　　"写作。"亨利说，"我在写一本书。"

　　亨利转身走向他的小木屋。一整天他都在关注树林里和镇上各种各样的东西。现在，他又回到了开始的地方。进了屋，他先给壁炉生上火，挂好帽子和外套。然后，坐到写字台前，开始写他的书。

　　"今天，"亨利这样写道，"我在树林里散步。"

关于亨利的工作

　　这个故事讲的是亨利·大卫·梭罗的真实人生。150多年前，亨利住在美国马萨诸塞州的康科德镇。当时，只有少数人有机会读大学。他们毕业之后绝大部分成了牧师、教师、医生或者律师。可是，亨利从哈佛大学毕业之后，根本不想从事这些工作。他试过当老师，但他一点儿也不喜欢惩罚学生。他也试过在父亲的铅笔厂工作。可是，虽说亨利当时发明了一款更棒的铅笔，但他对做生意一点儿兴趣也没有。

　　亨利想到树林里去。他希望自己只要听叫声，就能辨别是哪一种鸟，或者看一看脚印，就能知道动物的种类。他对不同的花儿何时绽放也非常好奇。对亨利而言，像任何一种狐狸或鸟儿那样了解树林，是他的愿望。而且，他想把这一切都记录下来。自然能教会他如何更好地活着，亨利一直这么认为。亨利的朋友拉尔夫·沃尔多·爱默生当时就在写这类作品。于是，爱默生鼓励亨利也成为一名作家。爱默生不但借书给亨利读，还邀请他和其他作家朋友见面。而且，他叮嘱亨利，每天都要写一写。

　　整个冬天，还有夏天的大部分时间，亨利都能全身心地投入写作。每年他就工作六个星期，比如修理房屋、测量土地。对他而言，挣来的钱足够负担自己的开销，吃饭，甚至是修补衣服。他的邻居们可不这么认为。他们搞不懂亨利为什么总是在树林里走来走去浪费时间，根本没看到亨利做什么有实质意义的工作。

　　亨利记录他在野地和树林散步的故事，足足有七千页。他最著名的代表作《瓦尔登湖》就来自于这些记录。

　　多年以来，我委任自己为暴风雪和暴风雨的观察员，并恪尽职守；同时兼任测量员，不是测量公路，而是林中小路或者田间小道，还有沟壑之上的桥梁，并保证它们四季畅通，人们来来往往的足迹就证明了它们带来的便利。

　　我也曾看护镇上的野生动物，因为它们常常跨过护栏，给忠于职守的牧人惹了许多麻烦。我还关照农场里那些人迹罕至的角角落落……我浇灌过红红的越橘、沙樱和荨麻、赤松、黑桦，还有白葡萄藤和黄色紫罗兰，不然它们在旱季都可能枯萎的。

阿萨贝特河

康科德河

邮政局

霍斯默家

萨德伯里路

萨德伯里河

鹤角路

纳特草地溪

菲奇堡铁路

康科德镇

费尔黑文湾

费尔黑文山

做个理想家

GUANGXI NORMAL UNIVERSITY PRESS
广西师范大学出版社

亨利·梭罗：一个纯粹的人

杨家盛／《瓦尔登湖》译者、童书评论人

亨利·梭罗

本套以亨利为主角的图画书共五册，是美国自由插画家 D.B. 约翰逊以美国 19 世纪作家亨利·大卫·梭罗为蓝本而创作的。为了让读者更好地阅读、理解这套让人爱不释手的图画书，魔法象童书馆的编辑嘱我写一篇小文，对梭罗和他的朋友们的基本情况做一个大概的介绍，这是做书人的一种很贴心的想法。

亨利·大卫·梭罗于 1817 年 7 月 12 日出生在美国马萨诸塞州康科德镇，卒于 1862 年 5 月 6 日。他的父亲，约翰·梭罗，是个制造铅笔的工厂主，但生意规模不大。他的母亲，辛西娅·梭罗，是个闲不住的家庭主妇。梭罗家里共有四个孩子，除了他自己，还有一个哥哥，一个姐姐和一个妹妹。梭罗 1828 年进入康科德镇的一所中学学习，并于 1833 年考入哈佛大学，1837 年毕业。他在大学期间学习的主要科目包括语言学、古典文学、数学、哲学、科学等。

大学毕业后，他没有选择去当律师、牧师、医生或者商人，而是选择回到康科德镇。他在康科德镇的一所公立学校找到一份教师的工作，但由于他不想按当时的规矩来惩罚学生，只上了两个星期的课就辞职了。1838 年，他和哥哥约翰办起了一所学校，名叫康科德书院（也称语法学校）。但由于哥哥约翰得了破伤风并且病情加重，书院于 1841 年 4 月关门。1842 年 1 月，约翰去世。哥哥的去世，给了梭罗很大的打击。

梭罗大学毕业回到康科德镇后不久，就通过一个朋友认识了拉尔夫·瓦尔多·爱默生。从此，梭罗的人生就和爱默生结下了不解之缘。本套图画书之一《亨利盖了一座小木屋》中提到的，就是这位大名鼎鼎的爱默生。作为美国著名的散文家、诗人、哲学家，爱默生对社会更重要的影响，来自他在美国新英格兰地区超验主义运动和文艺复兴运动中所起到的领军作用。爱默生是马萨诸塞州波士顿人，比梭罗年长 14 岁，待梭罗如同家人，他的思想也深深地影响了梭罗（虽然梭罗后来越来越有自己的见解和思想）。爱默生介绍梭罗认识了不少文学界、哲

为你朗读，让爱成为魔法！

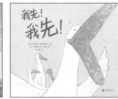

著绘者简介

D.B. 约翰逊（D.B.Johnson）

　　美国插画家，图画书作家。2000 年他出版第一本图画书《亨利徒步去菲奇堡》，随后又陆续出版了以亨利为主角的系列图画书《亨利盖了一座小木屋》《亨利去爬山》《亨利的工作》《亨利的夜晚》，共计五部，向孩子介绍美国著名思想家、作家梭罗的思想。作品曾获《波士顿环球报》号角图书奖、《出版人周刊》最佳童书、《学校图书馆杂志》最佳图书等诸多奖项。

作者所获荣誉：
2000 年美国《波士顿环球报》号角图画书奖
2000 年美国《出版人周刊》最佳童书
2000 年美国《学校图书馆杂志》最佳图书奖
2001 年美国纽约公共图书馆艾兹拉·杰克·季兹奖新作家奖

《亨利徒步去菲奇堡》　　《亨利去爬山》　　《亨利盖了一座小木屋》　《亨利的工作》　　《亨利的夜晚》

子总结亨利的生活方式，细心留意自己的日常生活方式，比较两者的相同与不同，找出各自的优缺点。在此，可以试着引导孩子列个表格来分析。以《亨利徒步去菲奇堡》为例，我们可以把对比立足于亨利、亨利的朋友以及我们自己不同的旅行方式：

	离目的地的距离	旅行方式	所经历的趣事	所付出的辛劳	结果	收获	我的分析
亨利							
亨利的朋友							
我							

对比之后，我们可以引导孩子思考：亨利虽然晚到了一会儿，却给朋友带来了亲手采摘的新鲜黑莓。在那美丽的月光下，他们一边吃黑莓，一边会聊些什么呢？在你的心目中，美好的生活应该是什么样的？你可以描绘出来吗？通过思考这些问题，孩子的心或许会离自然更近一些。

我们甚至还可以启发孩子更深入地去想：假如你是亨利，一个人居住，一个人工作，一个人旅行，一个人享受每一个白天和夜晚，会

不会感到很无助、很忧虑、很孤独、很害怕、很绝望呢？那么，你又会如何去面对？我们仍然可以列个表格来请孩子把自己的感受写下通过对比，我们和孩子或许会有更多感悟，会发现自然之中埋藏着无数的乐趣。大家不一定真的像亨利一样在荒野中生活，但可能会因了解自然，而更加了解自己，更能用心思考要如何生活、成为什么样的人。

当我们合上这套图画书，先不要急着去读其他新书。我们不妨在赞叹之余，和孩子一起想象：如果亨利就坐在我们身边，我们会跟他说些什么？他又会对我们说些什么？和孩子一起猜一猜，想一想。或许，亨利会从书中走出来，与我们做心灵上的朋友，陪伴着我们把平凡的每一天都过成诗。

爱思考、会读书的孩子，一定会试试吧？

	一个人居住	一个人工作	一个人旅行	一个人夜游
亨利这么做				
亨利这么想				
我这么做				
我这么想				

回归自然，思考生活

周其星／三叶草故事家族创始人之一、"彩色的阅读教室"倡导者

如果要去一个离家 50 公里的地方，你会选择什么方式？

驾私家车？乘公交或地铁？还是选择骑行？选择有多种多样。

越是倾向于后者，这个人就越可能是一个注意环保、喜欢绿色出行的人。

但是，能够像《亨利徒步去菲奇堡》中的亨利一样，徒步 48 公里的人，恐怕也没有几个。

亨利的朋友靠着打工挣足了车费，然后乘火车顺利抵达菲奇堡。同样需要消耗大量的体力，与亨利相比，他得到的是什么？又错过了哪些美好呢？

现在，我们越来越适应快速便捷的生活方式，那些相对原始的、更接近自然的生活方式，反而被我们抛弃。难怪《林间最后的小孩》的作者会在书中特别造出一个新词——"自然缺失症"，来总括那些缺乏自然生活的孩子。现在的孩子，在学习和游戏上花的时间太多，哪怕是外出旅行，也更愿意待在舒适豪华的酒店里看电视、玩游戏。他们在户外的时间少了，离大自然更远了。自然缺乏症可能会给孩子带来三种不良的影响：一是孩子对自然界缺乏起码的尊重——他们不知道食物从哪里来，不认识身边的动植物，也不再对周围的自然感兴趣；二是越来越多的孩子患上抑郁症和注意力缺乏症；三是在学校中，过大的压力和注意力缺乏症会造成孩子学习成绩下降，创新能力降低……

我们再来看看亨利是怎么做的：他徒步去菲奇堡，在瓦尔登湖边盖了自己的小木屋，去爬山，把浇野花、架桥、观测天气当成自己的工作，在萤火虫的陪伴下度过美好的夜晚……这套图画书记述了亨利与自然相处的点点滴滴。我们可以从中大致发现一种生活理念——回归自然，回归本心。其实，我们的先祖就是这样在大地上栖居。只是随着文明的发展，我们离自然越来越远，心中原有的那汪湖泊，也在逐渐干涸。

在阅读这套书的过程中，我们可以启发孩

和孩子的关系，就有些像亨利的朋友和亨利的关系。有些家长就像亨利的朋友一样，会以家庭之名忙于攒钱，失去了享受生活的时间和心态。但家庭的氛围对孩子的成长非常重要，家长如果不重视生活质量，会影响孩子对生活方式的认知，孩子之后可能也不会有享受生活的心态。

周： 这本书让我想到了《犟龟》。犟龟虽然最后没赶上狮王二十八世的婚礼，但是遇到的是更为丰盛的经历。看吧，人生可以有另外的收获。

亨利和犟龟很相似，不管最后看到的是什么，他们都明确地知道自己想要做什么，并为之努力，享受其中的过程。清醒的人才会从容，不管在哪个时代，不盲从都是很重要的。

石： 整天很着急的人，究其本质就是不知道自己想要什么。所以，什么流行，或者大家都说好，他就去追求。

柳： 人为什么会跟风？就是因为不自知，不知道自己想做什么，不知道什么东西适合自己，所以只能通过不停地追逐潮流，证明自己的生活是充实的、有价值的。

周： 我们刚刚从亨利谈到梭罗，再到生活理念，可能家长们会疑惑，这些都要跟孩子讲吗？我是一个妈妈，当我想跟孩子讲一个历史人物时，我也会考虑如何去讲，讲些什么。那么以这套书为例，如果孩子年龄还小，我觉得不一定要和他讲梭罗。这套书的故事本身就很好玩，也不高深，就算不知道有些情节的历史背景，也并不影响理解。

当孩子拥有一定的生活经验，想了解一些除了吃喝拉撒之外的大问题时，这本书仍然可以派上用场。书里有好故事，也有大问题。

石： 这几本书的创作背后也有许多有趣的故事。分享一个我查到的花絮，在创作《亨利盖了一座小木屋》时，约翰逊还没写一个字，就已经先画了最后一幅图。在这幅图里，亨利在小木屋内躲雨，但是手臂和腿都露出来了，而且还说着："我的房子比看起来的要大。"这个有些荒诞的画面是作者的幽默所在，也是作品的趣味所在。这种文学趣味，孩子会喜欢，家长也能懂得。所以，优秀的图画书总是能吸引孩子，也能感动大人。

因为生活节奏快，常常会忽略美好的事物，所以可以试着像亨利一样去听听夜鹰的叫声，去采采路边的黑莓……

石：虽然梭罗是19世纪的人，但他践行的可以说是现在正流行的极简主义，《亨利盖了一座小木屋》体现了这一点。

作者约翰逊非常赞同这一生活理念。在他成为爸爸之后，就带着全家搬回了自己出生的小镇，并和妻子认真地探讨了"他们一家人要过什么样的生活""什么东西是家庭需要的""什么东西是不需要的"这一类事关如何自由生活的问题。所以，他们家没有电视，但是有一个大大的书房，他和妻子坚持给孩子大声读书，直到孩子们迈入青少年时期。

周：我觉得约翰逊不是在为梭罗作传，而是因为思想一致，他借梭罗的经历来表达自己。

石：约翰逊是一个受了梭罗影响，并且愿意用行动去实现理想的人。

柳：策划这套书的初衷，就是与大家分享，梭罗并不是高高在上的，仿佛不可企及，他的生活方式完全可以为现在的人所借鉴，他的思想到现在仍然具有价值。

现在的孩子所在的家庭环境以及社会环境，都离自然很远。这个"自然"有两层含义：一种是真实的自然环境，生活在大城市里的孩子真的很少有机会接近自然；另一种是精神上的

自然，孩子每天都很忙碌，时间被安排得满满的，自由和狂野的天性并没有机会得到充分的释放。

周：现在都市人都在提倡慢生活，这本来很好，可"慢生活"这个概念渐渐变成了商家所引导的一种消费观念，好像你去喝个咖啡、旅个游就过上了慢生活一样。当你做了这些事，也许会得到短暂的愉悦，可生活本身其实并没有太大的改变。生活仍然忙碌，心中依然空荡，欲望仍然没有消减。我觉得真正的慢生活应该会给人带来内心的平和、宁静和充实，就像故事中亨利的心态。

柳：在《亨利徒步去菲奇堡》中，我们能看到两种生活方式的对比。这本书很经典，出版了十几年，是"做个理想家"系列里我最早读到的一本，也是特别喜欢的一本。我觉得，现在家长

主义者不仅仅是在推崇自然，他们所构想的还是理想中的社会，是自由的、不被定义的社会。这在《亨利去爬山》中表现得尤为典型。这个故事中涉及到美国当时的政治环境，而在现实中，梭罗也用自己的行为表现了对某些制度的不满。不过，我觉得他所反对的、追求的都并不是某一种具体的制度或主义，他是为了理想的生活方式在努力。

周： 换句话说，他并不对政治有多大兴趣，只是他在生活中不可避免地遇到某些事情，这些事情与他的生活态度相左，他就会去反对。对朋友的不同意见，他也会表达自己的见解。

他是一个赤子，用赤诚的心去对待大自然、对待别人、对待生活。我觉得，这是一种善。他在《瓦尔登湖》中，把人的本心比作果实外面的那层茸霜，如果想要让它完好无损，人与人相处时需要小心翼翼地去呵护对方，只有这样，"茸霜"才不会被碰掉，人的本心才不会受伤害。可是，梭罗感慨说，在生活中这么做的人实在太少了。人们在融入社会的过程中不断地遭受伤害，直至心中伤痕

累累。如果不是一个细腻、敏感而又对万物心存善念的人，是不会说出这样的话的。

石： 霍桑认为，梭罗倾向于在文明人中过一种不为生计做任何有规则的努力的印第安人式的生活。

周： 梭罗跟《西雅图酋长的宣言》中的酋长一样，如果不是政治"找上"他们，他们不会去参与。他们只是坚守自己的信念。

柳： 可以说，他们是一群理想主义者。

石： 美国专门为这五本书做了一本教师手册，其中有一段对梭罗的介绍。第一句和我们常常见到的作者简介一样，是对身份的定义，排在第一位的就是"理想家"，而不是我们经常看到的"哲学家""文学家"等。手册中说，希望通过这些书鼓励孩子们，要像梭罗一样成为一个敢于梦想，并且为梦想奋斗的人。

柳： 是的，中国的家长和孩子应该去了解梭罗的理念。我们刚刚讨论了梭罗的很多方面，那么该与孩子分享哪些呢，又该如何与孩子分享呢？

我是在山里长大的，从小看过各种各样的动物，听过各种各样的叫声，比如春天清晨的鸟鸣、夏天夜晚的萤火虫。但现在的孩子十分缺少这样的经历。所以，我想通过这套书和家长谈谈，如何更好地生活。在《瓦尔登湖》中，梭罗说自然让人学会怎么去更好地生活。大家

度、平和的心境让人有"贵气"。优渥的家庭环境和高学历的背景，或许能帮助我们变得富裕，但如果盲目地向生活索取，我们可能会感到灵魂的贫乏。

柳： 梭罗说，即使你拥有很少的钱，也能生活得很好。就像吃乡野中朴素的东西，也可以很讲究。梭罗用不多的木材盖小小的房子，去菜园里吃饭，在阳光照耀的地方读书。我觉得，他是非常富足的，他这样的态度是当下很多人缺少的。

石： 每个人出了学校都会面临选择，其中最重要的可能就是职业的选择。职业所赋予的身份会渐渐成为大多数人认识我们的重要因素。而梭罗没有受这种社会观念的束缚，去做了自己最想做的事。他说，工作本来是人用以生活的工具，可人们已经沦为自己工具的工具了，进而会渐渐失去自己。

刚刚我们说的"贵气"和"讲究"，其中也包含着顺应自然、从自身出发去做选择的意思。梭罗就是这样，他毕业后先去做了老师，但因为不愿意体罚学生而离开了学校。他制作出优质的铅笔，并且因此获奖；朋友们向他道贺，盛赞他打开了财富之门，他却说以后不做铅笔了——已经做过一次的事情他不愿再做。他喜欢漫无止境的行走和各种各样的研究，不希望自己被某一种事物所囿，而是成为完整的生命

体，过一种自由自在的生活。

捷克作家卡雷尔·恰佩克在《一个园丁的一年》中写道："我知道，这个世界上有许多不错的职业，例如替报纸撰稿，进入国会为选民服务，董事会中列席或签署官方文件；但无论这些职业有多好或多受人尊崇，这些职场上的人都无法与拿着铲子的园丁相比！"

面对别人对衰败的感叹，他说："一年到头都是春天，万物都在不断地绽放，秋天只不过是换了一种方式而已！对于那些在十一月开花结果的植物来说，秋天就是永恒的夏日。"我觉得这些文字与梭罗的思想是相呼应的。

周： 园丁看到的是生命的过程而不是结果，因此在他们看来，每一天、每一寸时光都精彩。梭罗、约翰逊也一样，他们更注重生命的过程，因此才会不断地寻找更多的可能性，让生命变得更加精彩。

石： 梭罗就像一个实验者。而且，梭罗提倡的自然并不仅是指我们能够触摸到的花花草草，也是自由的象征。因为自然和城市相比，本身就有更加丰富的可能性；自然中的四季都在变化，充满自由。

柳： 梭罗和那批超验

得梭罗的生活哲学就像当下流行的"慢生活"，但我觉得不能这样简单地类比。约翰逊在这五本书里，从五个不同的角度展现梭罗，书中大部分情节来源于《瓦尔登湖》，取材于梭罗在瓦尔登湖边的经历。梭罗是一个希望生活得很好，并希望他人也能生活得很好的人。不过这个"好"不是拥有大房子和豪车，也不仅仅是所谓的"慢"，他一直在践行着自己理想中的生活。因此我们能看到，他会与花草虫鱼交流，会走路去菲奇堡，路上还会慢悠悠地摘黑莓。他也会在意社会是否公平，反对奴隶制，觉得每个人都应该被平等对待。所以说，梭罗依赖自然，但并非与社会隔绝。

周：梭罗不是一个隐居者，而是一个执着的思想者。他只是选择用一种特别的方式去思考、沉淀和探索。他所追寻的理想生活，大概是一种充实而非忙碌，闲适而不懒散的生活。比如，走路去菲奇堡，绝不是因为他时间太多以至无事可做。一路上，他的内心十分充盈。我觉得这是一种不辜负时光、让生活更有质感的人生态度和生活方式。也许他希望生活是一条柔软而温暖的毯子，能给每一个生命带来舒适感、安全感和归属感，而不是像很多人所认为的那样，生活中更多的是坎坷和磨难。

柳：梭罗是哈佛大学的高材生，他的同学大多选择了高薪和社会地位较高的工作，如律师、医生、商人等。梭罗的家庭环境也很优渥，父亲是石墨铅笔制造商，如果梭罗愿意，可以顺理成章地继承家业。但是，他没有像大家以为的那样去选择最"正常"的路，而是不断地尝试不同的工作，发现人生更多的可能。后来还在爱默生的鼓励下，走上了创作的道路。

周：分享一下我最近的阅读心得：深谙中国传统文化的人，是有"贵"气的，能把生活过得很好，像个真正的贵族。那么什么是"贵"呢？用吃饭打比方，有人如果进了一个饭馆，就让人上最贵的菜，叫最贵的酒，一顿大吃大喝，这不叫"贵"，顶多可以说是"富"；而一个人如果进了饭馆，先是和厨师交流，询问店里有什么当季的食材，并根据自己的体质，与厨师确定每种食材的具体烹饪方式，最后很舒适地吃完一顿饭，这才叫"贵"。广博的识见、谦逊的态

做个爱生活的理想家

柳漾／儿童文学工作者　周英／儿童文学博士　石诗瑶／儿童文学硕士

D.B. 约翰逊

没有一篇导读能道尽一本图画书的秘密，所以，孩子也好，大人也好，多读一遍，总能有新发现。我们在这里开辟一个小小的空间，与您分享我们三人的阅读感受。所谓漫谈，其实事先略有准备，但我们更愿意保留兴之所至时的灵光乍现。而您与孩子共读时的收获，则是我们最为期待的精彩。

石： 我们今天要谈的"做个理想家"系列的作者 D.B. 约翰逊说过这么一句话："小时候经历的事情，或许会影响人的一生。"在约翰逊三岁那

瓦尔登湖

年，他们全家搬到新罕布什尔州的乡村。在那里，他自由地穿梭在丛林中，观察林间的一草一木。从那时起，他就喜欢上了长时间的散步。

上高中的时候，他第一次读到亨利·大卫·梭罗的《瓦尔登湖》，心中产生了极大的共鸣。他惊讶于梭罗的文字和思想，感叹竟然有人和他一样如此热爱土地、热爱自然。不过那时，他对《瓦尔登湖》的理解也仅限于此。在哈佛大学读书的时候，他重读《瓦尔登湖》，开始对梭罗的思想有了更深的理解。他觉得梭罗思考和探讨的是哲学问题，是关于"人该如何更好地生活"这一与每个人都息息相关的问题。

柳： 约翰逊创作出这五本书，离不开梭罗以及《瓦尔登湖》对他的影响。虽然他原本就很热爱自然，热爱自由的生活，但因为梭罗，他对生活的思考有了理论的支持，有了明确的方向，更重要的是，他想把所思所想传递给更多人。

当下很多人阅读《瓦尔登湖》，可能会觉

一把精致的喷枪，然后借助气泵的力量，把颜料喷射出来的一种绘画手法。画家可以借助喷枪上的开关、枪嘴与画面的远近距离、倾斜角度，控制颜色的渐变效果和颗粒的粗细。这种手法有着十足的工业绘画特征。约翰逊的绘画过程就像车间里的工序，一道接着一道，严谨精确。当然也有发挥的余地：人们喷绘时，可以借助遮挡手法，绘制出清晰的边缘线，或者柔软的渐变界限。在以亨利为主角的五本书里，约翰逊用遮挡手法灵活地在书中的服装、叶片、地面上制造出各种皱褶和阴影，这是他的创意所在。

不过此时约翰逊的绘画还是更像一件产品，远不似卢梭的作品那般恣意纵情。其人物常用规则的直线或曲线概括，丰富的森林植物常常被处理成三四款简单的样式，画中的一切都显得规整、齐一。这真的是野外的森林吗？或许"好好工作"了20年，准备在绘画中"享受徒步"的时候，约翰逊还是放不下习惯的安全感。他也试着去玩些花样，比如借用立体主义的手法组织画面，让亨利在牢房的墙壁上穿行，或者借用喷绘的遮挡手法去切割画面，创造出空间交错的效果。但这一切看起来总有点儿像折纸游戏。约翰逊用各种元素把画面塞满，让他感兴趣的似乎不是这些森林里的元素——他正在负责任地好好工作，把自然景物组织整齐、围

绕在聪明的亨利周围——可能他关心的只是亨利，或者更准确地说，是梭罗。也有可能，他在聚精会神于自己的工作。

在完成四本之后，约翰逊暂停了该系列的创作，似乎已经讲完了梭罗的故事。五年后，在妻子的帮助下，他又推出了第五本以亨利为主角的图画书——《亨利的夜晚》。因为用电脑喷绘代替了传统喷枪技法，约翰逊有了更多试验技巧的机会。更重要的是，象征梭罗的亨利似乎不再是被急于歌颂的形象，梭罗的生命体验在约翰逊一次又一次的"徒步"中开始浮出水面。睡不着的亨利让出了主角位置，光线取而代之。月光透过树叶洒落的斑点、丛林中小溪的波光、雨水里错落的折射光线、清晨斜入房间的阳光——全书中洒满了瞬间变幻的光影。亨利的造型融化其中，物体的刻意描画开始让位于气氛的渲染。约翰逊或许找到了自己的森林魔力。

如果说"菲奇堡"是约翰逊徒步的开始，还只是做好"享受徒步"的这一"工作"而已，那《亨利的夜晚》就标志着作者向前走了一长段，开始享受徒步的过程。但最终，"菲奇堡"在哪儿呢？我也不知道。亨利找到了，梭罗琢磨了很久，相信约翰逊也会找到的。

好好享受你的徒步，别着急，朋友。

手，似乎在说，"好好享受奔向自由的旅程"。"好好享受"这句话在山谷中回响，在书页间连绵不绝。"去菲奇堡"和"去爬山"虽是不同时期的作品，却是一个整体，"好好享受"的主题贯串两本书。

瓦尔登湖并非是逃避工作的圣地，梭罗的隐遁生活是对哲学理想的实践，是在寻找生命的本真意义。这也是一种工作，这样的工作即使艰苦危险，他也无所惧怕。在亨利心里，翻山越岭追求自由的旅行者朋友正是在做这样的工作；而在约翰逊心中，对象征黑奴的旅行者的怜悯甚至超越了"好好享受自由的旅程"本身，政治意义似乎大于哲学意义。这还是充满无政府主义色彩的梭罗思想吗？也许未必。但又有什么关系？约翰逊在这里抛出了一个富有挑战性的问题：梭罗的声音在100多年后的回响还是他的声音吗？

梭罗在《瓦尔登湖》中的回答是："回声，在某种限度内还是原来的声音，它的魔力与可爱就在此。它不仅把值得重复一遍的钟声重复，还重复了林木中的一部分声音；正是一个林中女妖所唱出的一些昵语和乐音。"

比起"菲奇堡"工整的绘图，"去爬山"的色彩更鲜明，构图更具动感，情感更饱满，亨利硬挺挺的络腮胡造型似乎也更亮了。我常想，商业化气息浓厚、充满务实精神的美国出现了不少杰出人物，何以大家要把这位遗世独立的"刺儿头"梭罗尊为精神基石呢？也许因为他居于现实的另一端，有了他，美国人的内心才会达到微妙的平衡，一如老子留给了拘谨的东方人任性潇洒的生活态度。这种矛盾或许能使人保持活力，让那些好好工作的"D.B. 约翰逊们"在心中一直留着一份念想，也潜藏着一股劲儿，不致被现实完全吞噬。梭罗会时刻提醒我们：你也一直想着去森林徒步吗？

说到森林，我们很容易想起另一位名字很像梭罗的法国画家亨利·卢梭。梭罗正在丛林散步的时候，他刚出生，然后规规矩矩地活了大半辈子，有一天突然操起画笔画起了森林。在他的作品中，各种植物密布，动物穿梭其中，一切都充满了原始力量。毕加索看后吓了一跳，以为这位卢梭不是在城市而是在丛林里生活。一个世纪以后的约翰逊也在森林里徒步，然后走进画室好好工作。不管是梦中的森林还是现实中的森林，它们可能都充满魔力。那么，约翰逊会在森林中采集到什么呢？

约翰逊使用的是美国商业插画中比较常见的绘图手法：平面的几何卡通造型、矛盾空间的设计、饱满的构图。他们常用丙烯颜料平涂设色，在此之上用喷绘创造出阴影和渐变的特效，最后用彩铅补笔以达到增加质感、混合颜色或刻画细节的效果。喷绘是把颜料调稀倒入

好好享受你的徒步

张迅／南京艺术学院传媒学院讲师

亨利·梭罗

在过去 100 年里，北美的插画师逐渐建立起一套成熟的商业机制。他们根据市场的需求，为客户提供不同媒材、各种风格的插画。广告商或者编辑找到他们，常能获得自己想要的作品。这些插画师一般都有鲜明的创作特点、熟练的绘画技巧、良好的沟通能力，以及敏感的文字感受力。D.B. 约翰逊便是其中典型的一位。他的绘画充满理性，目的性很强，为各种期刊文章提供了妥帖的图像阐释。在近 20 年的商业设计生涯中，约翰逊一直对客户"照顾周到"，以"享受工作"作为绘画的乐趣所在。直到创造出亨利这一形象，他终于找到了机会，准备在绘画中"好好徒步"一番。

亨利的原型是亨利·大卫·梭罗，一位对美国人的精神世界有着深远影响的作家。170 多年前，他用一把斧头在瓦尔登湖畔造了一座小木屋，每天在光影摇曳的森林里尽情散步。梭罗是约翰逊的偶像，所以约翰逊笔下的亨利也长着一头杂乱的头发，一圈硬邦邦、锯齿样的络腮胡，一对长条状、似乎永远瞪着的澄澈眼睛——这些都是梭罗的典型特征。

《亨利徒步去菲奇堡》是亨利的第一次出场，他和朋友相约去菲奇堡。朋友微胖，长着两颗无神的小豆眼，腰间别着暗示"慢慢走"主题的怀表。他不管做什么事都心急火燎，不懂得享受徒步生活，这些行为都衬托出亨利的睿智善思。于是，亨利就迅速成为一位聪明而无害的图画书明星。有读者来信，感谢约翰逊用巧思向孩子们介绍了梭罗的思想。信中提到了梭罗因拒绝交税而被捕入狱的"不雅"经历，认为真实的梭罗不只是在徒步中自拍的表演者，还是扎扎实实在生活中思考和实践真理的哲学家，是反对奴隶制、秉持"公民不服从"信仰的斗士。约翰逊收到信后，立马创作出《亨利去爬山》作为答复。亨利得去说"想都别想！"，得去坐牢，但即使坐牢也能神游。他在神游中遇见一位脚戴镣铐、裤打补丁，却和他平起平坐的黑奴兄弟。他们相互祝福，临别时朝对方招

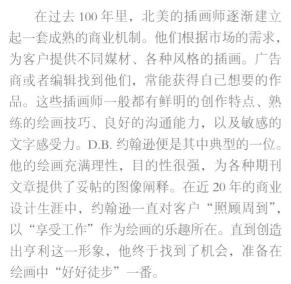

这几天重新翻看我当年的笔记本，其中有这么两段分享给大家：

> 我到林中生活，是因为我希望活得有意义，只面对生活里最基本、最本质的事实，看看我是否能学懂生活教给我的真理，而不希望到临死之前，才发现自己根本没有活过。我不想过非生活本身的生活，活着是那么宝贵；我也并非想要避世，除非万不得已。
>
> ——亨利·大卫·梭罗

> 我就在宇宙之中到处飘游，去摘取太阳。今晚我在哪儿过夜？反正都一样！世界在干什么？创造着新的神、新的法律、新的自由？反正都一样！可是，这儿有朵樱草花在山上开了，叶瓣上缀满露珠；山下，白杨林中有温馨的风在轻轻地唱。在我眼睛之上、蓝天之下，有只金色的蜂儿嗡嗡飞舞——这可不是一回事啊，它唱的是一支幸福的歌，一支永恒的歌，而它的歌便是我的世界史。
>
> ——赫尔曼·黑塞

入沉思，之后的行动随即也就无声无息了。但对这种简朴的生活，我还是念念不忘，无时无刻不等待着实现的那一天。孔子曾说："饭疏食饮水，曲肱而枕之，乐亦在其中矣。"简朴的生活其实很简单，重要的是要有易于满足的心态。对家庭来说，简朴的生活是经济的、审美的、明智的低碳生活方式，它间接地保护了我们赖以生存的自然环境。

我非常佩服魔法象童书馆选择和出版这套图画书的眼界和担当，这让家长有了丰富的精神世界，更让心有"瓦尔登湖"的家长有了理想的"代言人"，让身处物化世界中的我们重新思考如何过好自己的精神生活。当然，这套书的出版最有益的，是给孩子铺就一条小径——终点有可能通向那湖边的小木屋。

人们常常会在阅读时与曾经读过的文字不期而遇。我们和孩子共读这五本书时，相信在他们的心里会绽开五个小小的涟漪，一直荡漾，并与他们未来的生活相遇。

心思考的时间。因此，他在瓦尔登湖畔盖了一座小木屋，在那里独自生活了两年多时间，在那里散步、观察自然、思考人生，然后把所见所闻、所思所想写下来。这就是伟大著作《瓦尔登湖》的创作经过。梭罗两年多的湖边生活验证了"人们应该少花些时间为挣钱而工作，多花些时间做自己感兴趣的事"这一道理。《亨利徒步去菲奇堡》正是阐释了这一想法，这个故事也取材于《瓦尔登湖》中的一个片段。

同样，这套书的其他四本也都是以梭罗的生平为创作素材。D.B. 约翰逊对题材进行了再创作，塑造了一个动物主角，并创作出具有戏剧性的故事，孩子会毫无障碍地接受故事，并在无意中感受到《瓦尔登湖》中的理想主义。

《亨利盖了一座小木屋》完整地再现了梭罗自己动手建造木屋的整个过程，《亨利的工作》讲述了梭罗看似清闲无事其实又责任重大的白日工作，《亨利的夜晚》梦幻般地呈现出梭罗眼中宁静而又生机勃勃的大自然，《亨利去爬山》则是把梭罗的爬山经历与他的抗税被捕入狱的故事合成一个关于放飞想象的新故事……这些情节都在梭罗的生活中发生过，是实实在在的生活。

《瓦尔登湖》呈现了一种原生态的生活方式，表达了古今中外人们向往自由生活的梦想。这个梦想不只是梦，而是可行的，因为像梭罗这些"少数人"曾经践行过这种生活方式，实现过生命与自然的和谐统一。

这个梦想在当下更具现实意义。当今时代，人们的思想更加自由，也更有能力追求自己想要的生活。同时，这些思想也呼应了社会所关注和提倡的"建设青山绿水"的生态理念。瓦尔登湖并不遥远，不只是一个美国人徒步、观察和思考的佳美胜地，更成为一种象征，成为悠然可见的南山，成为人们可以居于其中劈柴、喂马，任意周游的世界。

我太太在读了这几本书后，很感慨地说，看来将来会有更多孩子跟我一样成为理想主义者。我很惭愧，此生应没有挈妇将雏闲居野游的机会，好在我仍心存理想。我也知道，平日里我太太说出"理想主义"的语境——多是在我对生活环境、教育理念等方面发表不合时宜的观点时。一句"你太理想主义了"，就会让我陷

梭罗的小木屋

花时间做感兴趣的事

李一慢／新教育实验学术委员、慢学堂创办人

30 多年前，还是中学生的我畅想着未来的生活：年轻的时候一定要去自己钟情的五个城市去生活，人到中年后就挈妇将雏到海滨小城或者山野县城享受慢时光。不能不说，20 世纪 80 年代的年轻学子大多抱持一种积极向上的人生态度，那时的许多诗歌不仅包含美好的情感，更充满对人生理性的思考：

卑鄙是卑鄙者的通行证，高尚是高尚者的墓志铭。

——北岛《回答》

黑夜给了我黑色的眼睛，我却用它寻找光明。

——顾城《一代人》

有关大雁塔，我们又能知道什么？我们爬上去，看看四周的风景，然后再下来。

——韩东《有关大雁塔》

如果大地的每个角落都充满了光明，谁还需要星星？谁还会在夜里凝望，寻找遥远的安慰？

——江河《星星变奏曲》

海子的那一句"面朝大海，春暖花开"，我当时读来，觉得能抵上半部陶渊明诗集，相信这句话至今仍能打动万千年轻人。这些美好的文学……

1989 年，我读大一，听到了海子的死讯。我知道他去世前还在看的一本书叫作《瓦尔登湖》，于是也借来看，后来瓦尔登湖就和南山一样长在我的心里。《瓦尔登湖》是亨利·大卫·梭罗的作品。他深爱着孤独，孤独给了他很多静

《瓦尔登湖》
（仲泽译，译林出版社，
2018 年第 1 版）

纳撒尼尔·霍桑

写作的。至于《瓦尔登湖》，是梭罗到小木屋居住的第二年才开始写作的。该书到最后 1854 年发表时，历时七年，经过了七次修改。

1846 年 7 月的一天傍晚，镇上的税务官兼警察山姆刚好碰到梭罗，让他上交已经欠了好几年的人头税。梭罗拒交，就被关进了监狱。第二天早上，警察说有人帮他交了（据说是他姨妈或者姑妈），就把他给放了。《亨利去爬山》讲的就是这件事。这件事也促成了《论公民的不服从》的发表，这篇梭罗最为著名的文章以及随后发表的数篇文章，内容都是有关废奴主义运动的，在社会上产生了较大影响。

在《瓦尔登湖》的《仔细聆听天籁声》一章中，梭罗专门讲到了菲奇堡铁路，也就是《亨利徒步去菲奇堡》中提到的那条铁路。梭罗对铁路给大自然和当地居民造成的危害进行了辛辣的讽刺。图画书中提到的奥尔科特太太，就是本文前面提到的奥尔科特的妻子，萨德伯里河就是流经康科德镇的一条河，而霍桑先生这位世界著名的美国作家就住在离爱默生家不远的地方，也是梭罗的朋友。霍桑最出名的作品有《红字》和《带七个尖角的房子》等。

另外，《亨利的夜晚》也出自《仔细聆听天籁声》一章，图画书中提到的夜鹰、青蛙、猫头鹰、夜莺等都在该章有专门叙述。另外，该章还讲到了鱼鹰、枭鹰、野鹅、野鸡、松鸡等动物。虽然《亨利去爬山》和《亨利的夜晚》都经过约翰逊的艺术创造，使其中充满大量非现实的因素，具有鲜明的童话色彩，但是它们和其他三本图画书一样，都提到了梭罗在生活中所遇到的真真切切的人、物、事。

离开瓦尔登湖后的梭罗，除了写作外，用极多的时间继续对自然进行观察、记录和研究，并游历了缅因州、新罕布什尔州，科德角，加拿大等地，而且制作了大量的动植物标本，直至他生命的最后。梭罗不仅是一个散文家、诗人、哲人，还是一个土地测量员和博物学家。1862 年，有一次在野外测量树木年轮的时候，赶上下雨，梭罗患上了支气管炎，后来原先的肺结核病加重，就此走完了他短暂而伟大的一生，年仅 44 岁。

梭罗是一个人生旅途中的散步者，一个简单纯粹的人，一个深爱人类与自然的忧思者，一个说也说不完的人。相信，有魔法象编辑们的用心付出，再加上柳漾先生清丽、流畅、准确的译文，此套图画书定会给广大读者带来一次愉快而有益的阅读旅行。

学界、思想界、出版界的朋友，并在自己主持出版的超验主义杂志《日晷》第一期（1840年）上刊载了梭罗的一首诗和一篇散文。此后，梭罗的作品更是在此刊多有发表，直到1844年停刊。在爱默生的建议下，梭罗从1837年开始差不多每天记日记，总共积累了几千页手稿，而梭罗此后的作品几乎全部来自这些日记。

其实，早在梭罗大学毕业前两年，爱默生就在康科德镇购买了大量的土地，梭罗最出名的作品《瓦尔登湖》里的湖、林、地等都是爱默生的财产。1841年至1844年以及1847年至1848年期间，梭罗大部分时间在爱默生家居住。其间，梭罗除了要给爱默生的孩子辅导功课，还帮助做一些修修补补和打理花园的事务。梭罗和爱默生之间的故事当然还有很多，感兴趣的话，大家可以去查查资料。仅从这些简单的介绍来看，可以说，没有爱默生，就不可能有我们今天所知道的梭罗。

拉尔夫·爱默生

由于在爱默生家待的时间太久，再加上哥哥约翰去世给他带来的伤痛，到1845年，梭罗的精神状态越来越不稳定。他最亲密的朋友威廉·埃勒里·钱宁建议他到瓦尔登湖边去建一座小木屋进行静心修养。钱宁是一个四海为家的人，当时也住在康科德镇。他和梭罗通过散步走遍了康科德镇的山山水水，是梭罗的第一个传记作者。梭罗听

亨利·奥尔科特

从了朋友的建议，亲自动手建起了小木屋，并于1845年7月4日住了进去，于1847年9月6日离开，前后一共居住了两年两个月零两天。在《亨利盖了一座小木屋》中，还出现了梭罗的朋友奥尔科特和爱默生的妻子莉迪亚。奥尔科特是一个教育改革家、哲学家、作家，在爱默生的敦促下，于1840年搬到康科德镇居住。

在瓦尔登湖小木屋居住期间，梭罗靠自己的双手度过了美好的时光。除了劳作外，他对当地几乎所有的植物群和动物群进行了仔细的观察研究，对它们在一年不同季节里所呈现的不同状态都做了详细的记录。后来他将这些记录进行压缩整理，就有了《瓦尔登湖》这部不朽名著。

在《亨利的工作》里，亨利说他的工作就是写作，并且正在写一本书，这本书就是指梭罗另一部也很出名的长篇作品《在康科德河和梅里马克河上的一周》（也称《河上一周》）。《河上一周》（1849年出版）是为了纪念哥哥约翰而